JN085715

夏祓

大木満里句集

ふらんす堂

序

大木満里さんは「都市」の二代目編集長で、編集長を交代した現在も編集の仕事に携わってくれている。責任感が強く、優しく、頼もしい人である。満里さんは玉川大学の継続学習センターの、私の担当の俳句講座から俳句を始められたが、その時は小学校の教師だった。

物言はぬ児に寄り添へり桜草
せんせいと初めて呼ぶ子新樹光
茂より声弾みくる昼休み
うきうきと内緒話や休暇明
「はい」と云ふ最後の返事卒業す
賀状来て教へ子父となりにけり

身辺のことを詠い始めて、子供の句が次々と出て来た。内気な児も活発な児も表情豊かに描かれている。茂みから元気よく現れた子供たちを、作者は大きな声で出迎えたのではないだろうか。満里さんの子供の句はいつも愛情がいっぱいである。そして、定年退職した今も満里さんの子供の句は愛情に溢れている。

初夢を幸せさうに語る子よ
走る子の次々転（まろ）び春の山

子供がいるとつい目が行ってしまうのだろう。その上、子供を描くと「都市」の中で断トツに上手い。

満里さんは実家でご両親と暮らしていたが、優しいお母さんを亡くされた後、無口なお父さんとの二人暮らしとなった。

律儀なる寝息の父よ梅真白
父逝きて寒鯉つとに動かざる
あたたかや川へ放てる父の鯉
物置に父の義足よ石蕗の花
沖縄を生還の父彼岸講

一人になって、仲が良かった母よりも、何故か父のことを思い出すのだ。父の残した鯉も義足も、父の生きた証として訴えかけてくる。子供の頃は怖いと思った父だが、晩年はおとなしくなって、心配を掛ける愛おしい存在だったのだろう。

草原をすべる山風秋の蝶
ひろびろと風が風よぶ植田かな
競り合うて棒をつかむや海水着
背伸びして触れたる風や荻の花
白梅の空一隅のひかりかな
一雨の後の日差や小鳥来る
緑蔭や日の斑ゆれゐる風を見て

光や風と遊んでいる作者が見えてくる吟行句である。四句目の背の高い満里さんが背伸びをしている句は楽しい。きっと高くあげた手は荻の丈を越えたことだろう。どの句も晴れ晴れとして幸福そうな景色であること、そして構図が大きいのも特徴である。毎月の吟行会では、このような気持の良い句を見せてくれる満里さんだが、近年、定例句会や、「都市」の投句に今までにない斬新な句が交じるようになった。どうやら新たな冒険が始まったらしい。

行き止まる径の向かうに花野かな

岸壁を垂るるロープや風光る

噴水のひかりのかけら手に拾ふ

言葉みな気体となりて油照

　これらは危うく存在し、手を伸ばしても届かない、或いは手に取ると消えてしまう、そんなものを描こうとしている作品である。一句目、径が行き止まりになったのは、渓になったからではないだろうか。対岸には美しい花野が見えているのに、そこへ行く手立てが見つからないのだ。二句目は、岸壁に登山用のロープが垂れて、風に揺れている。一瞬登りたいという欲求が起こったが、現実には装備もなく、体力的に無理なのである。三句目は噴水の放つ光を掌に拾ったつもりだったのに、当然のこと、すっと消えてしまったというものか。四句目は言い募った言葉が、激しい照りの中、相手に届くことなく、すべて蒸発してしまったというのである。

　思い通りにならない事、手に入らないのは悔しいけれど、それらはことさら美しくて魅力的なものだ。その危ういものを追って描こうとしているようだ。

また、こんな句も描き始めた。

夕端居見出しはまたもテロルかな

向き合うてルンバジルバや昭和の日

歯みがきの水のぬるさよ終戦日

今の時代を描いた句である。二人が向き合ってルンバやジルバを踊っていたという指摘は、確かに昭和の高度成長時代を思い起こさせる。そして水のぬるさはまさに平成を思わせる。その一方で世界の各地で紛争が絶えず、テロが頻発している。そんな時代を我々は生きて来たのだと改めて思わせる句である。ここでは自分の生きている時代を描き、句材の広がりを見せている。色々なことに挑戦する姿は努力家の満里さんらしい。この他に震災やコロナなどを取り上げた句も作っている。

ハミングはひとりの歌よ春深し

青竹の打ち交ふ空や墓洗ふ

てのひらの匂ひに疲れ草むしり

風鈴の音に洗はれ夕餉かな
夜の雨つぶやくやうに葡萄食ぶ
虫の音と息を合はせて寝ねにけり

これらは一人暮らしを描いたものだ。人に頼らず、甘えず、自立した女性の姿がある。自分と向き合い、心をみつめて描き始めている。生活の身辺を描くことから始めた満里さんの、核心に触れた作品と言えるだろう。一見、一人の生活の淋しさを詠っているようにも見えるが、肯定的な叙述はこれが自分の飾らない姿だと述べているのである。満里さんの生きる姿勢が見える作品である。

満里さんは自分の心を詠む深いところに行きついたようだ。このように、句材の幅を広げ、深さを増してきている上り坂の時に、第一句集が出るのを心から祝いたい。

二〇二四年　裸木から青い空が見える日に

中西夕紀

夏祓＊目次

句集　夏祓

Ⅰ　新樹光

平成十九年〜平成二十四年

夕闇に畳の匂ひ春きざす　平成十九年

小半日眠りし父よ春日影

ハードルを越ゆる前傾草青む

物言はぬ児に寄り添へり桜草

せんせいと初めて呼ぶ子新樹光

整列の笛をいくたび木の実落つ

母の脚さすりて眠る霜の夜

諭す子のその手をにぎり冬茜

大鍋の豚汁掬ひ寒稽古

手鏡にうつす真珠よ初仕事

平成二十年

自画像の数だけ大志卒業歌

教室に朝のチャイムや紋白蝶

葉桜や姿勢正して参観日

放課後の机にひとつ夏帽子

四方からジャズの手拍子星涼し

帰り来てひとりの箸や金魚玉

ひとり飲むワインに酔へり秋の雨

手術痕じわりと疼く野分かな

平成二十一年

訪ね来る人を待つ日や花の雨

自画像はどれも寄り目や旱梅雨

茂より声弾みくる昼休み

風鈴や母の遺せし備忘録

在りし日の母の小言や天高し

自転車の影を追ふ犬蓼の花

ねんごろに拭ふ黒板冬日和

七人のおしくらまんぢゆう息白し

底冷や書庫の古文書草書体

茹であがる青菜を笊に寒の明

平成二十二年

律儀なる寝息の父よ梅真白

一息にいくつもの夢しやぼん玉

職退いて拳(こぶし)ほどけりほととぎす

友の訃の纏はりつける秋暑かな

新涼や朝ひとくちの檸檬水

コスモスや丘に聞こゆる応援歌

桟橋の鋲の白さよ秋澄めり

木枯に裾ひるがへす喪服かな

父逝きて寒鯉つとに動かざる

臘梅やしばし佇む路地の塀

平成二十三年

初花や半旗を立つる県庁舎

もの言はぬ一日(ひとひ)となりし桐の花

正面に山の濃淡夏料理

池の面の一条の葉や糸蜻蛉

登坂のダンプをつつみ青葉闇

蒼天の丘にひとりや墓洗ふ

御仏にあづけし心山澄めり

蜩や一雨上がる谷戸の森

板に坐し瞑想するや秋の風

遠嶺まで空澄みわたり二月堂

匂ひ立つ振舞酒や酉の市

賀状来て教へ子父となりにけり

平成二十四年

掌に風の硬さや春の雪

隧道の風捩ぢれたる寒の明

春陰や色鉛筆の走り書き

焼炭のほのかに匂ふ夏木立

数珠ひとつ忘れ置かるる夏座敷

息切らし走る少年青田風

うきうきと内緒話や休暇明

草の穂に風の湿りや羽黒山

一願を一字に大書実千両

同じこといくどつぶやき雪蛍

男手のほしき修理や雪催

Ⅱ 連弾

平成二十五年〜平成二十八年

平成二十五年

いかり肩いくたび正し春ショール

春愁や炎尽きたる絵蠟燭

ゆで卵つるりと口に薄暑光

筍の掘られし穴に足とらる

立読みのはしご三店旱梅雨

赤銅(あかがね)の小物買ひたる祭かな

岩間より一縷の水や夏燕

夏芝を転び上手や素足の子

夏霧や草原（くさはら）深き古戦場

炎天や腹の底より応援歌

勝ち負けにこだはる子ども終戦日

さやけしや朗読会の輪の中に

目の前をとんぼ行き交ふ野外劇

草原をすべる山風秋の蝶

巡回の守衛の背なの牛膝

冬うらら男の肩に手風琴

連弾の双子の少女クリスマス

冬晴やきつぱり捨つる凹み鍋

雑踏に深くかぶるや冬帽子

読みかけの本に躓く冬籠

地下街の花舗の匂ひや春隣

紙切れに今日の段取り囀れり
平成二十六年

春光や野菜スタンド道に出で

ぴつたりと閉ぢて一睡春障子

ふふと笑む新車の匂ひ風光る

冷奴誰にも気がねなき暮し

白昼の何見据ゑゐる蜥蜴かな

コスモスや肩の力を宥(なだ)めんと

お茶室に揃ふる膝や小鳥くる

阿夫利嶺や日の匂ひたる稲架襖

湧水の砂を噴き上げ冬紅葉

向き合へば以心伝心日向ぼこ

父母の居間に日差や実千両

黙々と釘打つ人の息白し

見とどくる最後の一葉寒日和

捨つるものの庭に広ぐや寒雀

母のもの樟脳匂ひ春浅し　平成二十七年

「はい」と云ふ最後の返事卒業す

あたたかや川へ放てる父の鯉

幾度も欠伸かみしめ春障子

白樺に分け入る車輛風光る

奈良　三句

一帯に明日香の風や山若葉

ひろびろと風が風よぶ植田かな

本当に正しき道か夏鶯

つきつめて思はぬために髪洗ふ

競り合うて棒をつかむや海水着

日焼子の水をかけあふ浅瀬かな

口喧嘩つひには草矢うつてをり

夏草やみな煙草吸ふ倉庫裏

反り上がるレコード盤や巴里祭

八月や山の麓のジャズピアノ

背伸びして触れたる風や荻の花

秋光の丘の一隅へリポート

ひと言を咎むる心木の実落つ

木もれ日の揺るるは寒し雑木山

物置に父の義足よ石蕗の花

ひと仕事終はりし顔や冬日向

パソコンのようこそと出で冬ごもり

買初の供花二束を父母へ　平成二十八年

白梅の空一隅のひかりかな

行く末を女三人春炬燵

炒豆と金平糖や春炬燵

春光やごろつと横になりし犬

掛け声を揃ふる部員春の風

若き日は硬派と聞くや朧月

囀やほのぼの白き暁の空

風立ちてふらここ人を待つやうに

細き径ほそき流れや藪椿

花の下赤き袱紗の野点かな

掛樋を滑る水音花菖蒲

往来のひつそりとして夏の蝶

青田風微熱の頬にかすかなる

間違ひを居直る気炎冷し酒

羅やみな急ぎたる交差点

夕端居見出しはまたもテロルかな

原爆忌ペットボトルの水忘れ

教へ子のはがき眺むる良夜かな

秋草のあはひに立てる水の音

一雨の後の日差や小鳥来る

短日やいつも何かを探しゐる

年の瀬の日に晒さるるさびしさよ

Ⅲ　夏祓

平成二十九年〜平成三十一年・令和元年

平成二十九年

フルートの聞こえてきたるお元日

ヘリポート風立つばかり木の芽晴

奈良　二句

ものの芽や水の音する薬医門

農道に停まるタクシー目借時

沖縄を生還の父彼岸講
きれぎれに子の声届く春の山

少年の朝のダッシュや麦青む

向き合うてルンバジルバや昭和の日

側転の少女の脚の薄暑光

石の上走りて蟻に影のなし

緑蔭や日の斑ゆれゐる風を見て

本閉ぢて頬杖つけり夏の雨

目の奥を光突きたる大夏野

沼の面のつよき光や糸蜻蛉

吹く風に雨の匂ひの青田かな

沸点となりたる議論冷し酒

てのひらにうくる薄日や花芙蓉

秋蟬や海の風くる螺旋階

小町塚ここにもありて曼珠沙華

悼 井上田鶴さん 二句

いささかの濁りのこさず木の実落つ

秋蝶の草のひかりとなりにけり

手にとれば匂ふ新刊小鳥来る

歓声は学園祭か秋日濃し

雪掻に日差の太くなりにけり　平成三十年

ともかくも一歩一歩や梅探る

長靴の農大生や浅き春

ジャズ洩るる大学の門木の芽晴

駅舎なきホームに待てり山笑ふ

ここいらは合戦跡や春の泥

春光へわらわら出づる女学生

にぎやかに夢占ひや朧月

強東風や産みたて卵買ひに行く

春愁のみんなぬきたるコンセント

花冷や腑に落ちぬ顔手鏡に

桜桃忌染み点々と文庫本

連山の肩なだらかに青田かな

いわき　四句

夏祓目をつむりても海見えて

天上に海のひかりや夏祓

海の香を纏うてぐる茅の輪かな

炎天や海をさへぎる防潮堤

赤ペンを箸に持ち替へ夜食かな

セロファンのごときひかりを秋の川

ブーメラン水平に切る秋気かな

爪切つて旅に備ふる夜寒かな

銀杏散るしづかに空を見上ぐる日

真青なる空に向かうて大根引く

さりながらひとりで居るや冬日向

抽斗に探す切手や冬籠

電卓打ちて進むる話年の暮

青物の売らるる荷台うすす氷

平成三十一年・令和元年

三月十一日

春雨の風に揺れゐる半旗かな

旧道に並ぶ老舗や水草生ふ

トンネルに声の残響大試験

合格子転がるやうに帰り来し

富士山の地下湧水や青き踏む

我が家まで千里のごとき花疲

花冷や泡だつてゐる角砂糖

眩しさに包まれてをり藤の花

若楓水のひかりを湛へけり

青梅雨の所作美しき僧衣かな

吹き抜くる風のひととき滝見茶屋

潮騒につつまれてゐる昼寝かな

一村の一揆のごとき祭かな

夏蝶の曲線のこる日向かな

ばつたりと倒るる子ども水鉄砲

歯みがきの水のぬるさよ終戦日

掃苔や遠く電車の過ぐる音

後篇を読みたくなりし良夜かな

山裾の家並は白し小鳥来る

団栗を敵の数だけ拾ひけり

秋風や岩肌粗き島の径

整列にひとり足らぬ児冬霞

星の名をひとつ言ひ当て冬田道

Ⅳ　星祭

令和二年〜令和五年

令和二年

丹田に込むる力や初日の出

受験生雪崩るるやうに坂下る

この頃は居眠りばかり春炬燵

休校の門扉を越ゆるしゃぼん玉

ひと跨ぎする小流れや野に遊ぶ

夏草を踏むや海光見ゆるまで

揚羽蝶玻璃の器に眠らせて
カーテンの風にくつろぎ沙羅の花

七夕や最終バスに乗り合はせ

新涼や賢治詩集に栞入れ

再会を約する喪服つくつくし

参道に崖の崩れや萩の花

もう一度読む結末や黒葡萄

行き止まる径の向かうに花野かな

稲刈や空に漲る日の光

だしぬけに始まるダンス木の実落つ

引き返す頃合はかり芒原

阿夫利嶺につづく連山冬霞

真顔なる話となるや鮟鱇鍋

マフラーに溜めこむ日差坂上る

裏通りまばゆきほどの聖樹かな

野施行や迫り出すやうに雑木山

令和三年

阿夫利嶺や狼煙の如くどんどの火

後から靴音迫る余寒かな

鹿除けの金網倒れ春浅し

源流の標（しるべ）いくつも山笑ふ

くいくいと鳩の啄む菫かな

竜天に登る階(きざはし)一千段

岸壁を垂るるロープや風光る

鶯やダム放流を待つ時間

ハミングはひとりの歌よ春深し

こんなにも雲に近くて桐の花

窓拭きの腰にロープや薄暑光

黙々と雨を背にうけ田植かな

ゆるやかに行き交ふ人や花菖蒲

木下闇見えぬ紗幕のあるやうに

一山の揺らぐばかりや蟬時雨

眠る子の蛹のやうにハンモック

うやむやな眠りの覚めて夜の秋

秒針のこつこつ刻み原爆忌

渓間の風に湧き立ち秋の蟬

青竹の打ち交ふ空や墓洗ふ

われもまた縄文人や通草捥ぐ

運動会唇嚙みて終はりけり

ひとりなら先を急がず浮寝鳥

店奥に捌く赤肉冬の朝

厚くなる薬手帳よ冬菫

一軒の山家は茶店寒桜

令和四年

行先はいつもの町よ初電車

椅子深く坐り直すや読始

尋ね人見つかる知らせ日脚伸ぶ

欅の芽返す言葉に力こめ

囀や百畳敷を風の抜け

一鍬に込めたる力薄霞

すかんぽやテストの点を見せ合うて
蒼天にことばあづけて虚子忌かな

花冷やいつしか町の濡れてをり

オカリナに椅子ひとつ欲し花曇

縁側に座布団出され草の餅

俎板の檜の匂ひ夏来る

青葉冷うすきひかりの古墳山

追ひかくる母が大好き水鉄砲

噴水のひかりのかけら手に拾ふ

てのひらの匂ひに疲れ草むしり

風鈴の音に洗はれ夕餉かな

言葉みな気体となりて油照

地球儀に廃墟の街よ星祭

一円玉一枚足らぬ残暑かな

新涼の秤にのする一封書

肝試し終はりし後の西瓜かな

夜の雨つぶやくやうに葡萄食ぶ

月光にさみしき顔をつつむなり

虫の音と息を合はせて寝ねにけり

旧道をバスゆつくりと鶏頭花

階に止まる思考や花八ッ手

小春日や思ひ出すまで腕を組み

外套を脱ぐやダンスの輪の中に
なにはさて羽子板市の団十郎

対岸に並ぶ高階冬鷗

枯草の上に朝市立ちにけり

瓢湖　三句

明け方の微睡（まどろみ）ほどけ鵠かな

白鳥や濡れたる道に日差くる

白鳥の湖のひかりを滑りけり

初夢を幸せさうに語る子よ

令和五年

水音にひかり混じりて春きざす

隙間なく卒業の椅子並べけり

高層ビル多面体なり風光る

走る子の次々転(まろ)び春の山

道しるべ隠るるほどに四葩かな

向日葵や油彩のごとき空の青

冷蔵庫開けてぽかんとしてゐたり

身の澱の沁みだすやうに極暑かな

風呂敷の結び目固き西瓜かな

今日のことこれからのこと秋高し

あとがき

ずっと俳句には関心があったが、今一歩踏み切れないでいた。思いもかけなかった大病に出遭わなければ、私の俳句への想いは、そこで終わっていたかもしれない。

苦しい闘病生活がようやく終わった時、俳句をやってみようと思った。玉川大学継続学習センター「はじめての俳句」で、中西夕紀先生の指導を受け始めてから二十年になるが、当時教職で多忙な日々を過ごしていた私には、土曜講座受講は大きな楽しみになった。

句は前日の夜に纏めるのだから、今考えると恥ずかしい限りであったが、怖いもの知らずで出席し、句会の皆さんの鑑賞の言葉が多彩でとても新鮮だった。

私は、中西先生がいつも仰っていた「継続は力」を信じていた。だから、つづけることができたと思っている。

学んだことを、校内での実践にも生かすことができた。小学二年生から六年生までの児童全員に、俳句もどきではあったが五七五の創作の場を作った。これはどの子も進んで参加でき、言葉の楽しさを感じてもらえた、と思っている。

「都市」創立にも加わった。活動には、途中仕事と家庭の事情で参加できないこともあったが、中西先生や仲間の皆さんのあたたかい心遣いに支えられた。よき仲間との出会い。本当に感謝している。

俳句は難しいが、楽しい。また心の支えでもある。

玉川大学継続学習センターの俳句講座を中西先生から受け継ぎ、コロナ禍の大変な日々に心惑うこともあったが、熱心に取り組む皆さんには「継続は力」といいつづけている。

今回句集を編むにあたって、中西先生にはお手数をおかけしてしまった。

それでも、ご多忙の中快く選句をしてくださり、身に余る序文をいただいた。校正には、「都市」の仲間の助言と支援を受けることもできた。この感謝を忘れずに、また一歩一歩、歩みを進めていきたいと願っている。

令和六年三月

大木満里

著者略歴

大木満里（おおき・まり）

昭和24年　神奈川県に生まれる。
平成17年　玉川大学継続学習センター「はじめての俳句」
　　　　　で中西夕紀の指導を受ける。
平成20年　中西夕紀主宰「都市」創刊入会　編集委員
平成26年～30年　「都市」編集長
平成26年　「都市」同人

現　在
「都市」編集委員
俳人協会会員
玉川大学継続学習センター俳句講座講師

句集　夏祓　なつはらえ

二〇二四年三月三一日　初版発行

著　者――大木満里

発行人――山岡喜美子

発行所――ふらんす堂

〒182-0002 東京都調布市仙川町一―一五―三八―二F

電　話――〇三（三三二六）九〇六一　FAX〇三（三三二六）六九一九

ホームページ https://furansudo.com/　E-mail info@furansudo.com

振　替――〇〇一七〇―一―一八四一七三

装　幀――君嶋真理子

印刷所――日本ハイコム㈱

製本所――日本ハイコム㈱

定　価――本体二七〇〇円＋税

ISBN978-4-7814-1641-0　C0092　¥2700E